LE BONHEUR

DE LA FRANCE,

EPITRE

A S. A. R. MONSIEUR.

LE BONHEUR DE LA FRANCE,

ÉPITRE

A S. A. R. MONSIEUR,

pour le jour de sa fête (S.-Charles), 4 novembre 1817,

Par M. BERQUIN,

Auteur de l'Ode intitulée, LE RETOUR DES BOURBONS,
et de celle sur LA CONVALESCENCE DE S. A. R. MONSIEUR,
publiées en Mai et Juin 1814.

« Quel riche pays que la France ! Si les ennemis
du Roi le laissaient jouir de la paix , on
pourrait, en peu d'années, procurer, à ses
peuples, cette aisance que leur promettait
le grand HENRI , son aïeul. »

Paroles de COLBERT , *Ministre*
de l'Intérieur, des Finances et de la
Marine du Royaume, sous LOUIS XIV .

A PARIS,

De l'Imprimerie de NOUZOU, rue de Cléry, N°. 9.

1817.

AVANT-PROPOS.

Sɪ le titre d'un ouvrage, l'éclat qui environne le grand Prince à qui il est adressé, la circonstance pour laquelle il a été fait, les détails intéressans qui l'accompagnent, les sentimens de concorde et d'union qu'on a tâché d'y répandre, en les faisant toujours émaner de l'amour et du dévoûment pour nos Princes, et enfin, le but important vers lequel il est constamment dirigé et qui en forme le titre même, peuvent, en assurant, à cet ouvrage, de justes droits à l'estime et à la bienveillance du public, suppléer, en quelque sorte, à ce qui lui manque sous le point de vue littéraire, n'est-on pas autorisé à se flatter, d'avance, du succès dont, à cet égard, pourra être honoré celui que l'on présente ici, revêtu de ces précieux avantages et s'offrant sous d'aussi favorables auspices?

Quand Du Belloi, dans sa tragédie du Siége de Calais, rendit hommage au patriotisme national, la beauté du sujet soutint, dans cet ouvrage, la faiblesse du talent, et procura, spontanément, à l'auteur, le prix qu'en pareil cas, à défaut de génie, méritait le cœur; et ce prix fut l'applaudissement unanime des Français, à commencer par celui qu'il obtint de l'auguste famille des Bᴏᴜʀʙᴏɴs, tout à la fois nos légitimes Princes et nos concitoyens. Eh ! à quelle récompense plus glorieuse et plus douce peut jamais aspirer tout écrivain français, dans le cœur de qui s'unissent et se confondent ces deux sentimens qui devraient toujours être inséparables, le dévoûment pour son Roi et l'attachement à sa Patrie ? Heureux celui à qui cette récompense est ainsi déférée !

LE BONHEUR
DE LA FRANCE,
EPITRE

A S. A. R. MONSIEUR,

pour le jour de sa fête (St.-Charles), 4 novembre 1817.

Prince aimable et chéri, qui vois, à ton aspect,
Tous les cœurs pénétrés de zèle et de respect,
A l'envi, t'adresser leurs vœux et leur hommage,
Toi, sur le front de qui brille la douce image
Du grand et bon Henri, de ce Roi qu'à jamais,
D'une commune voix, béniront les Français;
O digne petit-fils du meilleur des Monarques,
A nos aïeux, trop tôt, enlevé par les Parques,
Qui, de même que lui, sans peine et sans effort,
Sais réunir, en toi, par un heureux accord,
A l'air majestueux que la grandeur inspire,
Les charmes séduisans d'un gracieux sourire,
Tempérant cet éclat qui suit la dignité,
Par une encourageante et facile bonté,

Charles, c'est aujourd'hui qu'on célèbre ta fête !
Ah ! consultant, ici, plus mon cœur que ma tête,
J'ose, jusques à toi, par l'amour entraîné,
Tenter de m'élever, en ce jour fortuné,
Et je prends, dans l'essor de mon vol intrépide,
Le zèle, pour appui, le sentiment, pour guide.

Ornement glorieux de ce trône sacré,
Où siége un Souverain justement révéré,
Ton frère, ton ami (titre que sa tendresse
En tout temps, en tout lieu, te rappelle, t'adresse,
Et dont, ainsi que lui, tu connais la valeur),
Avec quel vif transport, avec quelle chaleur,
T'élançant dans les bras de cet auguste frère,
Qui, lui-même, appelait une étreinte si chère,
Nous t'avons vu, souvent, le presser dans les tiens,
Unis ainsi, tous deux, par les plus doux liens !
O ravissant spectacle ! O modèle admirable
D'une amitié sincère autant qu'inaltérable !
O des nœuds fraternels impérieux aimant !
Et Monarque et Sujet, égaux, en ce moment,
Dans les bras, l'un de l'autre, ont franchi la distance
Qu'entre eux consacre et met l'ordre de la naissance ;
Et la nature, enfin, prolongeant ce rapport,
Durant quelques instans, l'emporte sur le sort.

Mais, quel groupe, brillant de noblesse et de grâces,
D'un pas léger s'avance, et marche sur tes traces ?
Comme déjà, sur lui, volent, de toutes parts,
D'un peuple, ivre d'amour, les avides regards !
Ah ! si j'en crois mon cœur, d'Artois, c'est ta famille ;
Oui, c'est elle, ... Salut, salut divine fille

De ce couple adoré qui, du plus haut des cieux,
Avec ses fils, sur toi, nuit et jour, a les yeux !
Loin des peines, des maux qui troublent ce bas monde,
Ces êtres bien-heureux, dans une paix profonde,
Mêlant leurs voix aux chants d'un concert solennel,
Pour toi, pour tous les tiens, implorent l'Éternel.
A leurs vœux réunis il daignera répondre ;
Et sa puissante main saura toujours confondre,
De quelques factieux qu'aveuglent leurs transports,
Les funestes projets, les criminels efforts.

Angoulême, Berry, doux espoir de la France !
O vous, qu'après l'horreur d'une longue souffrance,
Après tous les fléaux dont le ciel irrité,
Sans cesse, accrut le poids de sa calamité,
Elle revoit enfin, dans son sein plus tranquille !
Vous êtes, désormais, son noble et sûr asile,
Contre les nouveaux coups d'un orage imprévu ;
Et, par vous, le destin à son sort a pourvu.
Oui, vous serez, tous deux, j'ose ici le prédire,
Les soutiens, les sauveurs de ce puissant empire,
Il devra son salut à vos bras valeureux,
Si jamais (loin de nous cet avenir affreux !),
Sous le mortel appui d'une guerre intestine,
Quelque atroce ennemi conspirait sa ruine.
Le renom et l'éclat du royaume des lis,
Grâce à vous, ne seront jamais ensevelis ;
Grâce à vous, raffermi sur son antique base,
On ne le verra plus, d'une inconstante phase,
Tel que l'astre des nuits, offrant l'aspect divers,
Étonner, menacer, agiter l'univers.

*

Ah! ce ne sont pas, là, des espérances vaines.
Le sang du grand Henri, qui circule en vos veines,
L'ame de ce héros, tout à la fois vainqueur
Et du fier Castillan et du sombre Ligueur,
Cette ame belliqueuse, et dont, en vous, respire
L'ardeur qui vers la gloire, en tout temps, vous attire,
Quel présage plus sûr, quels signes plus certains,
Des éclatans succès qui suivront vos destins?
Fils de Charles, d'ailleurs, Princes, votre naissance
Confirme de nos cœurs les vœux et l'espérance.
De cet illustre père ô dignes héritiers!
En vous ses sentimens ont passé tout entiers,
Comme étant de ses biens la plus noble partie,
Qu'il vous transmit, d'avance, en vous donnant la vie,
Et dont vous réglerez l'emploi, déjà tracé,
En achevant, un jour, ce qu'il a commencé,
En faisant, comme lui, par un peuple sensible,
Idolâtrer, en vous, cet abord accessible,
Ce gracieux maintien, dont les charmes vainqueurs
Ont soumis, à d'Artois, les plus rebelles cœurs.

Et toi, brillante fleur, à peine éclose encore,
Dont chaque jour accroît l'éclat qui te décore,
Des murs de Parthenope ornement précieux,
Que nous devons, sans doute, à la faveur des cieux,
Branche du lis français, qu'un bienfaisant génie
A la tige première a si bien réunie!
Tu nous promets, déjà, de nombreux rejetons,
Destinés à parer le trône des Bourbons.
Oh! naissez promptement, naissez, fleurs désirées;
Hâtez-vous d'embellir nos heureuses contrées;

Hâtez-vous d'y paraître; et que nous puissions voir
De vos jeunes boutons, bientôt, luire l'espoir!

O peuple généreux, peuple cher à Bellone!
Toi que l'honneur conduit, que la gloire environne;
Qui, des plages du Nord, vins, parmi les Gaulois,
Jadis, le fer en main, tout soumettre à tes lois;
Toi par qui, désormais, ta nouvelle patrie,
Bravant du fier Romain l'arrogance flétrie,
Cessa d'en éprouver le joug avilissant;
Toi qu'on vit, d'un état superbe et florissant,
Dans l'agitation et le choc des orages,
En ces temps qu'obscurcit la sombre nuit des âges,
En ces mêmes climats à tes armes soumis,
Sous les brillans drapeaux de l'immortel Clovis,
Jeter les fondemens, et, de ton nom illustre,
Honorant cet état, pour assurer son lustre,
Eterniser ainsi, dans l'immense avenir,
De l'œuvre de tes mains le profond souvenir,
Et l'ère mémorable où, grâce à ta puissance,
La Gaule disparut et fit place à la France;
La France!.... O peuple né pour la gloire et l'honneur,
Ah! sans doute, ce nom réveille, dans ton cœur,
Un légitime orgueil, et, d'une antique gloire,
Y rappelle, en ce jour, l'éclatante mémoire,
Patrimoine au-dessus des plus rares trésors,
Et qu'on doit conserver au prix de mille morts!
Tu n'oublîras jamais que ce noble héritage,
A ta fidélité confié, sans partage,
Est un dépôt sacré, reçu de tes ayeux,
Pour être ainsi transmis à tes derniers neveux.

Tu ne souffriras pas qu'une horde en furie,
Dans un gouffre de maux plonge encor ta patrie,
Et, parvenue au point de ne rien ménager,
La précipite, enfin, sous un sceptre étranger.
Non, tel ne sera pas le destin de la France;
Ton ame, haute et fière, en donne l'assurance;
Et, quoi qu'il en puisse être, on ne verra, jamais,
Le Français, plein d'honneur, cesser d'être Français.
Du rang des nations, quoi, la France effacée!....
Oh ! loin, bien loin de nous cette indigne pensée!
Loin de nous les horreurs de la division!
Notre invincible force est dans notre union.
Du trône des Bourbons l'éternelle existence,
Inébranlable appui de notre indépendance,
En doit être, pour nous, le gage révéré.
Ah ! pressons-nous autour de ce trône sacré :
C'est, dans un ciel serein, l'astre qui nous éclaire,
C'est, pour nous, dans l'orage, un phare tutélaire.

Rappelons-nous ce temps d'espérance et d'effroi,
Où, soupirant après le retour de son Roi,
Que, sous d'autres climats, et depuis tant d'années,
Loin d'elle, retenaient de tristes destinées,
La France, alors en proie à toutes les horreurs
Qui d'une invasion signalent les fureurs,
Seule, se mesurait contre l'Europe entière;
Et, cependant, ses vœux, son ardente prière,
Dans ses bras tout sanglans, dans son sein déchiré,
Ne cessaient d'appeler son Monarque adoré,
Sûre, en le possédant, de conserver sa gloire,
Trésor que le Français préfère à la victoire,

Tandis que chaque jour, chaque instant, chaque pas,
Hélas! étaient marqués par de nouveaux combats.

Tout-à-coup, une voix éclate en nos provinces:
« Braves Français, volez au-devant de vos Princes ;
» Ralliez-vous près d'eux; leurs cœurs vous sont ouverts.
» Ils viennent vous rejoindre ; et, sur deux points divers,
» Ils ont déjà pressé le sol de la patrie ,
» Sol dont l'aspect sourit à leur ame attendrie.
» O Français ! écoutez la voix qui retentit ;
» C'est celle de l'honneur; et cela vous suffit. »

A ces mots, dont l'effet, et rapide et sensible,
Nous rappelle celui qu'un principe invisible
Déploie en mille corps et dans un seul moment,
A ces mots, tous les cœurs, d'un même sentiment,
Eprouvent l'électrique et subite influence ;
Et des Bourbons, soudain , le triomphe commence.
Au même instant, partout, en de bruyans concerts,
L'ancien cri des Français pénètre dans les airs :
« Vive le Roi! » Telle est la clameur unanime
Qu'un doux transport produit, que l'allégresse anime,
Et, du nord au midi, qui, volant à la fois,
Bientôt se fait entendre à l'oreille des Rois.
Ces nobles alliés de notre auguste maître ,
Pour ennemi, dès-lors, ne veulent plus connaître ,
Que le tyran guerrier, dont les fiers bataillons,
Naguère, de l'Europe inondaient les sillons,
Géant au cœur de fer, mais dont les pieds d'argile
Ne l'aident , qu'à regret, de leur appui fragile.

Tandis que chancelait ce colosse arrogant,
De notre Souverain le digne et noble agent;

D'Artois vers nous s'avance; et son âme sensible
Repose sur un front majestueux, paisible,
Où l'on voit respirer les grâces, la bonté,
Et de nos anciens preux la franche loyauté.
Il marche, et tous les cœurs, volant sur son passage,
De leur sincère amour lui présentent l'hommage;
Il marche, environné, pressé, de toutes parts.
Sur tant d'objets touchans il porte ses regards;
Il soupire; et sa voix, affectueuse et tendre,
Sa voix, qui parle aux cœurs, alors se fait entendre.

Vous qui, de ce bon Prince assidus serviteurs,
Pour lui d'un zèle pur éprouvez les ardeurs,
Zèle dont tout, en vous, est le vif interprète,
Vous savez (votre bouche à l'attester est prête)
Qu'en lui le sentiment brille comme l'éclair.
« Ah! s'écria d'Artois, l'œil humide, et d'un air
Qui peignait de son cœur l'émotion extrême,
« Rien n'est changé, la France, à mes yeux, est la même;
» Et, lorsque dans son sein je viens me présenter,
» C'est un Français de plus que l'on y doit compter. »
D'un Prince généreux ô langage sublime,
Inspirant, à la fois, et l'amour et l'estime!
Oh! combien, à jamais, cet élan d'un grand cœur
Fera partout chérir sa sensible candeur!

Cependant, gronde encor le ténébreux orage,
Qui, sur Paris, dirige et concentre sa rage,
Et dont, en ce moment, les éclats furieux,
D'une morne stupeur frappent ces tristes lieux.
Tout tremble, tout pâlit, dans une horrible attente.
Rien, à l'œil effrayé, dès-lors ne se présente,

Que la flamme et le fer, brillant, de tous côtés,
Et menaçant, déjà, la reine des cités.
La lutte enfin s'engage..... O terrible journée!
O Paris!.... déplorant, hélas! ta destinée,
Egalement affreuse, au-dehors, au-dedans,
Tu crus toucher, alors, à tes derniers instans.
Mais, sur toi le ciel veille, et sa bonté propice
Daigne te retenir, au bord du précipice.
Le parti du tyran succombe; et, loin de toi,
Lui-même, il fuit devant les soutiens de ton Roi.

La sombre nuit s'écoule; un nouveau jour commence;
Et ces grands Potentats, au sein d'un peuple immense,
Qui se presse autour d'eux, de son bonheur surpris,
L'olivier à la main, s'avancent dans Paris.
Enfin, du bien public l'heureux travail s'achève.
Jusqu'au plus haut des airs un même cri s'élève,
Un cri qui part du cœur de tous les bons Français,
Et peint leurs sentimens ainsi que leurs souhaits,
Quoique n'en exprimant qu'une faible partie:
« Vive de nos Bourbons l'illustre dynastie!
» De l'Europe, en nos murs, vivent les Souverains! »
A ce cri, répété par mille échos soudains,
Les suppots du tyran dans l'ombre, au loin, gémissent;
De l'enfer consterné les abîmes frémissent;
D'un éclat pur et doux les cieux sont embellis;
Déjà flotte, dans l'air, le pavillon des lis,
Emblème heureux qu'alors, partout, notre œil contemple;
Et la beauté timide, à tous donnant l'exemple,
Triomphe de pouvoir montrer, en ce moment,
Pour le sang de ses Rois son entier dévoûment.

Ce signe d'union loyale et fraternelle,
Qui de nos sentimens est le gage fidèle,
Ah! n'oublions jamais à qui nous le devons;
C'est d'un sexe adoré que nous le recevons.
Que ne peut inspirer une active tendresse?
Suppléant au besoin, sa main, avec adresse,
En mille nœuds divers a transformé, soudain,
Le ruban qui, ce jour, reposait sur son sein,
Nœuds charmans, que lui-même, avec grâce, dispense,
Talisman précieux, dont la douce influence
Accroît, redouble, en nous, l'impétueux transport
Qui, d'un rapide cours, nous mène droit au port.

Oui, nous touchons enfin à ce port salutaire.
Précurseur de Louis, sage dépositaire
Du suprême pouvoir qu'il confie en tes mains,
Et qu'au gré de nos vœux d'augustes Souverains,
Manifestant ainsi leur esprit magnanime,
Viennent de confirmer, d'un accord unanime,
Quel vif et prompt essor d'allégresse et d'amour,
Dans Paris, ô D'ARTOIS, signale ton retour!
Tel qu'à nos yeux se montre, après de longs orages,
L'astre brillant du jour, sous un ciel sans nuages,
Quand, nous affranchissant de l'horreur des frimats,
Il redonne la vie à nos heureux climats;
Tel, parmi les transports et la bruyante joie
Qu'une foule innombrable, à ton aspect, déploie,
Entrant, paisible et calme, au sein de nos remparts,
Où des lis, à tes yeux, s'offrent mille étendarts,
Sous cet amas de fleurs qui couronnent ta tête,
Du retour des BOURBONS tu signales la fête.

A peine, d'un pas lent, sur ton coursier fougueux,
T'avançant, à travers les flots tumultueux
D'un peuple qui t'adore, et pour qui ta présence
Est, sans doute, une pure et douce jouissance,
Un éclatant augure, un gage précieux
Du bonheur qui, bientôt, va reluire en ces lieux,
Au pied de nos autels, d'abord, tu vas te rendre;
Et, le front prosterné, là, ta voix fait entendre
L'hymne saint que ton cœur adresse au Roi des Rois,
Au Dieu dont tu chéris et respectes les lois.

Tu te lèves, tu pars; et tes destins prospères
Te ramènent, enfin, au palais de tes pères.
O jour dont la mémoire est, aux cœurs des Français,
A des titres si chers, empreinte pour jamais !
Du plus funeste sort la France préservée,
Pleinement, dès ce jour, put se croire sauvée;
Et, du prochain retour de son Roi désiré,
D'ARTOIS devint, pour elle, un garant assuré,
Puisqu'il en exerçait la suprême puissance.
Aussi, par quelle entière et prompte obéissance,
Il se vit, en tous lieux, constamment secondé,
Sans que de vains sermens le gage demandé,
Eût asservi les cœurs à cette loi sacrée,
Qui semblait, envers lui, par l'amour inspirée,
Et demeura toujours confiée à sa foi,
Jusques à ce moment où son frère, où son Roi,
A nos souhaits rendu par l'Ange de la France,
Et du bonheur public confirmant l'assurance,
Reçut, des mains d'un Prince et fidèle et soumis,
Le dépôt qu'à ses soins lui-même avait commis !

Nos yeux ont vu , depuis , l'horrible Briarée ,
Exhalant , tout-à-coup , sa rage concentrée ,
Et redoublant l'effort de ses cent bras d'airain,
O France ! les lever contre ton Souverain,
Dans ton sein effrayé s'élancer , comme un foudre
Dont l'éclat menaçait de tout réduire en poudre ,
Au milieu des horreurs qui suivent les combats ,
Vers un abîme affreux t'entraîner , à grands pas,
T'asservir à son joug , et dévouer ta tête,
Une seconde fois , aux coups de la tempête.
Mais son féroce orgueil, abattu de nouveau,
Aux champs de la Belgique a trouvé son tombeau ;
Et , tandis que , pour lui, pour sa cause inhumaine ,
Le sang coule , frappé d'une terreur soudaine ,
Loin de ces lieux couverts de carnage et de morts,
Il fuit, et va cacher sa honte et ses remords......
Ses remords ! En est-il dans son ame cruelle?
Il fuit ; du ciel , bientôt, la justice éternelle
L'atteint ; il tombe aux mains de son fier ennemi ;
Et le repos du monde est , dès-lors, affermi.
Dans l'immense Océan , sur un rocher sauvage,
Dont un œil vigilant garde , au loin , le rivage,
Le fléau de l'Europe est banni pour toujours.
C'est là que de sa vie il traînera le cours ;
C'est là que , furieux de sa triste impuissance ,
Et d'Arimane , en vain, réclamant l'assistance,
Sous le poids du néant , d'avance , enseveli ,
Il finira ses jours dans un profond oubli.

Et nous, Français, et nous, sujets soumis, fidèles ,
Oubliant , à jamais , nos fatales querelles,

A jamais revenus de ces longues erreurs,
D'où, parmi nous, hélas! naquirent tant d'horreurs ;
Abjurant tout esprit de discorde et de haine,
Et, dans nos cœurs unis par une douce chaîne,
Désormais, ne laissant de place qu'aux BOURBONS,
A ces Princes chéris qu'enfin nous possédons ;
Satisfaits, en voyant notre audace intrépide
Reposer à l'abri de leur puissante égide ;
Assurés de la gloire, en marchant sur leurs pas ;
Au sein d'un doux repos, toujours prêts aux combats ;
Enfin, dignes enfans de nos braves ancêtres,
Ainsi qu'eux, nous saurons aimer, servir nos maîtres,
Ainsi qu'eux, nous saurons, par les plus nobles faits,
En tout temps, soutenir l'honneur du nom Français.
Les fruits d'un sol fécond, d'une active industrie,
Enrichiront, bientôt, notre heureuse patrie ;
D'innombrables vaisseaux ses vastes ports couverts,
Les verront s'élancer au bout de l'univers,
D'où, bientôt ils viendront, fendant les mers profondes,
A l'envi, lui porter les tributs des deux mondes ;
Le travail, par le gain, chaque jour, excité,
Chaque jour, accroîtra notre prospérité ;
Levant un front serein, la noble confiance
Fera, par cent canaux, circuler l'abondance ;
Et, tranquille, au-dedans, respectée, au-dehors,
La France, dans son sein, verra renaître, alors,
Les jours les plus brillans de son antique gloire,
Ces jours, ces temps heureux, d'éternelle mémoire,
Où, pour tout bon Français, la première des lois,
Était son dévoûment, son amour pour ses Rois.

Grand Prince, puis-je mieux terminer mon hommage,
Qu'en offrant, à ton cœur, cette riante image ?

Et, de mes sentimens suivant l'impulsion,
Puis-je mieux célébrer la fête d'un BOURBON,
Qu'en hâtant, par mes vœux, le vol de l'espérance,
Et présageant, ainsi, LE BONHEUR DE LA FRANCE?